Au fil du souvenir

Michèle DANIEL CAPRA

Au fil du souvenir

2020, Michèle DANIEL CAPRA
Édition : BoD-Books on Demand
12/14 rond-point des Champs-Elysées
75008
PARIS
Impression : Book on Demand GmbH
Nordersted, Allemagne

ISBN : 97 82 32 22 71 252
Dépôt légal : Décembre 2020

INVICTUS

«Dans la nuit qui m'environne
Dans les ténèbres qui m'enserrent,
Je loue les dieux qui me donnent
Une âme à la fois noble et fière...

En ce lieu d'opprobres et de pleurs,
Je ne vois qu'horreurs et ombres,
Les années s'annoncent sombres,
Mais je ne connaîtrai pas la peur.
Aussi étroit soit le chemin,
Bien qu'on m'accuse et qu'on me blâme.
Je reste maître de mon destin,
Le capitaine de mon âme.»

Poème de William E.HENLEY

1
L'Oubli face au Souvenir

Naturellement fortiche ! Capable de parler, de vous parler, de m'écouter parler, de causer comme une **agasse** de ce qui s'est passé, de prétendre que rien d'important, de grave, de marquant n'est arrivé, je suis la Perte de Mémoire totale.

Sacrément étouffante ! Capable d'enfouir au plus profond de mon être, les cris, **les castagnes**, les raclées, les pleurs, les insultes, les supplications, les corrections, les coups de ceinture, les dénigrements, les cheveux tirés, les **pastissons**, je suis l'Amnésie intégrale.

*Étrangement déstructurante !
Capable de passer sous silence ma violence omniprésente, ma brutalité qui guette sa proie, ma perversion à l'affût du moindre point faible, ma puissance d'enfer prédominante, je suis le Déni absolu.*

*Alors, vous vous rendez compte que tout est possible, que moi, la Faculté d'Oubli, je suis la meilleure ? Et même le Bon Dieu, il va me pardonner ! Puisque j'ai oublié ! Si, si, si ...
Comme le temps passe, que la prescription pointe le bout de son nez, je gagne encore du terrain...*

Mais que vois-je à l'horizon ? Une concurrente ose se manifester : je ne l'ai pas vue arriver celle-là. Oh ! Non ! Elle s'appelle pompeusement la Faculté de se Souvenir. Même pas peur !

10

Je l'observe cette ennemie :
- Déterminée et patiente, elle fait ressurgir les souvenirs les plus durs, les plus insupportables, les plus pénibles avec une force venue du fond des âges.

-Courageuse, elle affronte son autobiographie aussi douloureuse soit-elle avec une détermination de tête de mule.

-Laborieuse, elle chante, écrit, voire danse son lugubre passé avec un désir de compenser à tout prix.

Pourquoi regarde-t-elle les vieilles photos, les lettres défraîchies ? Pourquoi écoute-t-elle les ragots et racontars des anciens ? Pourquoi rédige-t-elle ses mémoires ?

*J'essaie bien de la comprendre cette Faculté de se Souvenir : mais, nom de Dieu, que cherche-t-elle à faire, cette **jobastre** ?*

-à me mettre en difficulté ?

Pas de risque, personne ne la croira.

-à faire l'intéressante ?

C'est du déjà vu, déjà entendu et cela ne touche plus personne.

-à devenir écrivaine ?

Faut pas rêver la belle ! Ta trilogie, tu vas en vendre quelques malheureux exemplaires à ta famille et à tes proches, c'est tout !

Et en plus, je la connais bien, cette Faculté de se Souvenir : terrorisée par la violence, ayant peur de son ombre, elle est d'une timidité maladive.

Je ne risque vraiment rien : je reste la plus forte !

Alors, je l'affronte avec rage et détermination : pendant très longtemps, j'ai le dessus car je me démène dans tous les sens.

Pourtant, la Faculté de se Souvenir affûte inéluctablement ses armes : d'abord ce sont des émergences comme des bulles qui remontent à la surface de son esprit, puis des accès de colère, des discussions, des recueils d'informations, enfin, des pleurs, des passages à vide, de la souffrance à l'état brut. Cela lui prend un temps infini !

Peu à peu, je réalise que je perds du terrain : d'abord il y a sa prise de parole allongée sur un divan puis ses rêves et ses cauchemars se bousculant dans son cerveau bouillonnant. Quand la Faculté de se Souvenir couche sur le papier ses réminiscences, moi, la Faculté d'Oubli, pour la première fois, je perds pied !

Et un beau matin, avant que «l'aube ait étendu sa couverture de rouge Damas d'Espagne à la fenêtre d'Orient pour en secouer les puces», je vois la Faculté de se Souvenir qui est radieuse : sans savoir ni comment ni pourquoi, au bout d'un sombre et interminable tunnel, elle vient d'apercevoir une mince lueur.

Celle-ci grandit de plus en plus, envahit l'espace, illumine l'environnement : telle une évidence, une paix royale s'avance tranquillement en brillant de mille feux et en clignotant de partout.

Ni vainqueur, ni vaincu !
Juste un calme olympien accompagné d'un sentiment de bien-être.

Moi, la Faculté d'Oubli et elle, la Faculté de se Souvenir, nous avons trouvé notre place.

14

2
La peur prend des vacances

Depuis des années, la peur règne en maître : elle domine tout, gère chaque instant, s'insinue partout... Mais un jour arrivent les vacances ! Et la voilà partie sur les rails en direction de la Provence.

La locomotive file à vive allure, les villages se succèdent à toute vitesse, les heures s'envolent à tire-d'aile. Haute comme trois pommes, une fillette, debout sur son siège, colle son nez à la vitre. Les yeux grand écarquillés, elle contemple le paysage. A ses côtés, son grand-père, la casquette rabattue sur son visage tanné, s'assoupit.

Se laissant bercer par le roulis, la planète peuplée de cris, de pleurs, de plaintes, de coups s'éloigne...

Tout juste âgée de quatre malheureux printemps, la brunette sourit imperceptiblement. Ses yeux châtains clairs se remplissent d'éclairs malicieux. Son visage si hâlé qu'on le dit «noir comme une **pète**» se détend peu à peu.

Au fil des kilomètres parcourus, la fureur se fait la malle...

Au bout de quelques heures, noyée au milieu des pins odorants, une lilliputienne gare apparaît. Sautillante de joie, la petite foule la terre de ses ancêtres.

16

La nature a mis ses habits de fête pour celle qui revient au pays : les cigales stridulent à tue-tête, les goélands moqueurs piaillent, la brise marine emplit l'air de ses bouffées iodées, les senteurs méditerranéennes enivrent l'atmosphère..

Avec son père-grand qui la tient par la main, la minette franchit la voie ferrée, se retrouve dans la rue principale avec ses commerces animés, fait une pause au bar préféré de son aïeul. Désaltérés, les deux compères reprennent leur route. Longeant un haut mur en béton, ils passent devant un théâtre romain, descendent dans la vallée, saluent les voisins rencontrés, atteignent enfin le chemin menant à la propriété familiale. Alors, comme son grand-père lui lâche sa menotte, la gamine s'élance à fond de train en gambadant.

Sur ce sentier cailouteux, l'angoisse enfantine se dépouille de ses encombrants oripeaux...

*Le fox-terrier blanc, toujours aussi frétillant, aboie dès leur arrivée : la petite-fille se laisse léchouiller par ce démonstratif compagnon à quatre pattes. Vêtue de son éternelle robe noire, son chignon bien serré, son impressionnante mère-grand descend l'embrasser. La demeure, les pêchers, les vignes, le vieux figuier, tout est toujours à la même place. Alors, elle se réapproprie son territoire de jeu. Se sentant redevenir une authentique sauvageonne, elle **tourne-vire, vire-tourne**. Elle zigzague dans la tonnelle recouverte de vigne, pénètre dans la cuisine en empruntant l'escalier extérieur, joue avec le rideau de fil, le*

18

fameux chasseur de mouches. Elle se précipite jusqu'au ruisselet pour revoir les roseaux, court dans les vignes pour retrouver leur odeur si âcre, regrimpe au cerisier, se cache dans la cabane au fond du jardin.

Sous le torride climat méditerranéen, l'inquiétude est étouffée...

Quand le soleil disparaît à l'horizon, épuisée, la pitchoun se calme peu à peu. Elle retrouve son jeune oncle et ses si belles moustaches : très fière, elle a la permission de grimper sur sa magnifique Vespa rouge. Elle observe avec attention son père-grand qui retire sa célèbre ceinture de flanelle autour de ses reins endoloris. Puis elle monte sur ses genoux et rassurée, se blottit contre lui.

Tout doucement, la paix descend sur cette terre bénie des dieux...

La pitchounette qui passe alors d'inoubliables congés croit naïvement qu'elle pourra revenir chaque été.

C'est sans compter sur les vingt fatidiques minutes de distraction du Créateur ! Son grand-père et toute sa famille lui est arraché quelques années plus tard.

Ce qu'elle a de plus sacré au monde est emporté par une gigantesque vague meurtrière. Plus jamais elle n'entendra l'aboiement amical du chien blanc, ne humera les odeurs familières, ne sentira les bras protecteurs de son aïeul, ne reverra la villa bienveillante cernée par les vignes parfumées.

Les vacances évaporées dans le cosmos ne reviendront jamais plus.

Mais la peur, les cris, les pleurs, les plaintes, les coups, la fureur, l'angoisse, l'inquiétude reprennent vite leur place...

Les adultes cherchent désespérément leurs disparus dans les ténèbres..

Une môme malicieuse les retrouve dans ses songes secrètement célestes...

3
Le calendrier de l'Avent

*Ce matin du premier Décembre, je trône dignement sur le bureau d'une chambre désordonnée. Je suis un superbe calendrier rouge décoré de vingt-quatre ouvertures numérotées. De mon emplacement, j'ai tout loisir d'observer ce qui m'entoure : sur le sol, un puzzle de château-fort inachevé, un tracteur renversé, un circuit automobile démonté, des livres éparpillés, une peluche **estrassée,** un cartable amoché, des feuilles mortes glanées...et des chaussons rouge et blanc qui traînent au beau milieu de cette joyeuse pagaille.*

Un jeune garçon endormi s'agite : il est en plein dans ses rêves. Quand il se réveille en sursaut, mon aventure commence.

Ma première fenêtre est ouverte avec empressement : un chocolat est englouti sans aucune forme de procès ! Alors je sais que le décompte est commencé : désormais, au saut du lit, je serais allégé quotidiennement d'une friandise.

Mais, que vois-je ? Un de mes numéros est tombé. Branle-bas de combat pour remédier à ce funeste désordre ! Chaque date doit être juste pour retrouver le jour de Noël. Le calendrier idéal est de nouveau là.

*Ah ! Mince ! Une autre catastrophe se prépare à l'horizon : le fil qui me suspend sur le mur s'est **embronché**. Après de multiples tentatives, je suis enfin remis d'aplomb. Ouf ! l'ordre est rétabli.*

24

Dans ce **charaffi** organisé, une boîte en fer parade : elle renferme les dépouilles de mes bonbons dégustés.

Tel un sablier, le temps s'écoule inexorablement : plus je suis dépossédé de mes artifices savoureux, plus **la trêve des confiseurs** se rapproche.

Par la porte toujours entrouverte, je suis aux premières loges pour suivre les réjouissants préparatifs : les emballages colorés des imprévisibles cadeaux, le sapin enguirlandé, la préparation du réveillon, les **treize desserts**, les chocolats à l'alcool, les pétards dans les papillotes, les lumières clignotantes, la crèche illuminée et ses authentiques santons d'argile…
En attendant cette journée débridée, je scrute le paysage par la vitre embuée.

Et ce matin, alors que les vacances scolaires ont commencé et que la date fatale se rapproche, que vois-je dehors dans le froid glacial ? Une personne inconnue, un étranger, qui s'avance dans notre rue sur un vélo rutilant : je reconnais le fameux facteur ! Apporte-t-il des bonnes ou des mauvaises nouvelles ? On ne sait jamais avec lui !

*Il se fait désirer : il descend de sa bécane, **l'apountille** contre la murette, fouille dans son sac bourré comme une gibecière, cherche un paquet, regarde notre boîte aux lettres et enfin glisse dans la fente une dizaine de missives : bref, il ne faut pas être trop pressé !*

Lui, il accomplit simplement son travail sans savoir qu'il est pisté .

Alors, je vois le garçonnet se précipiter son bonnet de travers, son manteau ouvert, pour récupérer le courrier.

Son cœur bat la chamade quant il reconnaît l'écriture de son aïeule parisienne. Sa mère qui le félicite d'avoir été si rapide lui lit sa lettre.

Quelle tristesse! Suite à la maladie de sa fille, son adorable tante ne pourra venir pour les fêtes de fin d'année. Qu'est-ce-qu'elle va lui manquer, sa charmante marraine ! Remontant lentement dans sa chambre, le môme maudit le porteur de malheurs ! Quand il se jette en pleurant sur sa couche, je mesure l'importance de cette visiteuse à ses yeux !

Il n'y a pas foule dans la grande maison : je sens moi aussi monter le vague à l'âme dans cette bâtisse vide.

Le temps est compté pour moi : avec la moitié de mes fenêtres vidées de leur gourmandises, je suis déjà bien déplumé. Je n'ai plus la prestance des premiers jours !

Quelques bruits familiers se font entendre : le balai que passe la maîtresse de maison, le chien qui court après sa balle, l'horloge qui fait tic-tac...

*Pour ne pas **languir,** jetant un coup d'œil au jardin enneigé, je porte mon regard plus loin : devant notre respectable hôtel particulier s'étale à l'infini une avenue grouillante de familles heureuses.*
Frigorifiés, pressés, emmitouflés, les passants ne prêtent pas attention à ce logis bourgeois. Ils sont loin d'imaginer les peurs, les angoisses, les chagrins de ses habitants.

Aperçoivent-ils du haut de mon calendrier mes grimaces de détresse ? J'en doute fort...

Ils ne savent pas, les ignorants, que Noël, je l'attends chaque année avec nervosité et impatience. Personne ne se doute de l'ambivalence de cette fête pour moi.

*Pendant cette journée de **«paix sur la terre aux hommes de bonne volonté»**, je serais oublié et jeté à la poubelle pendant que les diablotins endimanchés déballeront fébrilement leurs innombrables cadeaux.*

Oh ! Quelle ingratitude et quelle inconscience !

Moi, l'éphéméride effeuillé, je me retrouve abandonné à mon triste sort tout en quittant ce petit d'homme qui retrouvera sa vie affligeante dès le lendemain.

Car, pour une seule journée de joie, les gosses oublient que les autres jours de l'année sont des temps de peurs, de cris, de torgnoles, de pleurs, de plaintes ...

*Dehors, indifférents, les piétons de notre quartier chic continuent leur chemin sans s'arrêter, sans jeter un regard à cette habitation vieillotte datant du XVIII ème siècle, sans imaginer une seule seconde que derrière les tentures à brocarts, l'artificielle fête de la **Sainte Famille** est tellement éphémère...*

4
La nature harmonieuse

En tailleur, asseyez-vous sur votre natte, humez délicatement l'air iodé, fermez doucement les yeux, prenez de grandes inspirations et expirations, attendez patiemment. Détendu, vous êtes à présent pleinement intégré à cette nature équilibrée...

Écoutez le doux clapotis des vagues qui s'échouent sur la rive : elles reviennent et repartent sans cesse. Depuis la nuit des temps, elles existent tout naturellement.

Les hommes et leurs sempiternelles joies, colères, ressentis, problèmes ne les intéressent pas le moins du monde !

Les gabians, *vous entendez leurs cris stridents qui s'échappent vers le ciel ? Les goélands piaillent, attrapent les poissons qui remontent imprudemment à la surface, s'envolent en nuées envahissantes.*

Le chaud soleil là-haut, vous le sentez sur votre peau ? En s'insinuant dans chaque pore de votre épiderme, il vous chauffe, vous caresse, vous apaise.

Ouvrez les yeux et découvrez maintenant les personnages qui sont en scène.

Vous les voyez les trois minettes qui s'ébattent dans la mer limpide aux reflets verts et bleus ? Elles nagent comme des poissons dans l'eau : ce ne sont pas des déesses mais leur jeunesse insouciante les rend attachantes.

*Bien qu'elles se ressemblent, elles ont chacune leur caractère : l'aînée organise, prévoit, dirige, la cadette observe, lit, s'isole, la benjamine pète la forme, traverse la vie comme un **tron de l'air**, se met à l'ombre de ses frangines en cas de danger. Les trois sœurs se baignent, s'aspergent, bavardent, bronzent...*

*A côté d'elles, vous l'apercevez le chien noir et frisé -un **bastard** de caniche et d'épagneul- avec ses longues oreilles flottant au vent ? Le cabot fidèle partage leur vie depuis bientôt sept belles années. Dès qu'une de ses jeunes maîtresses joue à se noyer, il se précipite dans l'eau et vole à son secours. Au sortir de la mer, il adore s'ébrouer avec frénésie près de la cadette qui, après avoir râlé, éclate d'un rire tonitruant devant le plaisir de son compagnon à quatre pattes.*

Ne demandant qu'à courir après un bâton inlassablement lancé, il se révèle infatigable même s'il n'a plus la vigueur de ses 20 ans !

Plus loin, vous la distinguez celle qui veille jalousement sur ses trois filles ? Je vous présente la mama !

Voilà, la nature se sent en état de grâce : la mer, les nageuses, le chien joueur, la maman, le soleil au zénith, les jeux d'eau, la plage immense, tout est à sa vraie place.

Mais, un grain de sable se met dans ce rouage bien huilé : il apparaît au bout de la grève. C'est d'abord un point noir, puis une silhouette et son incompréhensible barda, enfin un personnage imposant aux allures de conquérant.

34

L'équilibre est rompu : le ténébreux s'avance.

Gigantesque, se tenant droit comme un i, le buste nu, il porte un maillot-short aussi pratique que disgracieux. Mais, il se croit beau : en fait, il n'est pas musclé, son torse est blanc laiteux, son **embouligue** *s'avance. Mains sur les hanches, le menton relevé, les yeux levés au ciel, les lèvres crispées, l'Homme domine le monde grâce à ses pouvoirs. Ne supportant pas la contradiction, encore moins les plaintes ou les pleurs, il envahit l'espace bruyamment et réclame une attention quasi permanente. Et par contagion, l'entourage proche s'assombrit : les filles complices se crêpent désormais le chignon, la mère râle comme une vraie chiffonnière, le chien se fait peureux…*

35

Même la nature se met au diapason : le temps qui était au beau fixe s'obscurcit avec une flopée de noirs nuages qui arrivent précipitamment, avec une mer qui s'agite, avec un vent qui se lève...

Toutes les femmes -de la plus jeune à la plus âgée- ne sont plus que l'ombre d'elles-mêmes.

Chacune a retrouvé le rang attribué par le Chef de Famille.
*Les quatre gonzesses font en effet partie d'une «race dite inférieure» : celle d'hystériques, de **bazarettes**, de godiches.*
Pour rester à leur place, elles doivent donc être dociles et soumises !
Ainsi, les vaches seront bien gardées !

5
La Bonne Fée
et la
Méchante Fée

*Q*uand le nouveau-né voit le jour, la Bonne Fée, armée de sa baguette magique, est déjà penchée vers le berceau translucide. Elle le dote d'un corps galbé, d'une peau douce, de pieds parfaitement ciselés, de mains minutieusement dessinées, de joues potelées, de cheveux blonds comme les blés, d'un nez en trompette.

En admirant son chef d'œuvre, la Bonne Fée pense qu'il est à croquer, ce petit d'homme !

Alors, elle entend l'entourage qui s'esclaffe devant cet être parfait jusqu'au bout des ongles !

Le nourrisson couvert de bisous, de câlins, de papouilles, de compliments, de cadeaux, de peluches s'assoupit à côté de sa jeune maman si fière de son rejeton.

Dans ce moment de pure grâce où le temps éphémère suspend son vol, un pan d'obscurité se soulève discrètement sans que personne n'y prenne garde. A l'insu de tous, la Méchante Fée veille au grain : oubliée, détestée, rejetée, elle ne trouve pas la moindre place dans cet univers éblouissant d'angélisme où «tout le monde, il est beau, tout le monde, il est gentil !».

Elle, elle se délecte de la morve, de la crasse, de la poussière, des araignées, des maléfices...Alors, dès que l'occasion est propice, elle salit, abîme, détruit.

Quand elle affûte sa faux préférée -celle qui ne laisse aucune chance à sa victime- on la surnomme la Grande Faucheuse ! Ainsi, elle est tout à fait capable d'enlever un petit à ses parents qui resteront inconsolables. Mais ayant l'éternité devant elle, sachant qu'elle sera gagnante au bout du compte, la Méchante Fée attend son heure.

Un sablier : le temps qui passe, le sable qui s'écoule, les années qui s'envolent...

Soixante-huit ans plus tard, la belle mécanique du corps s'enraye grâce à la préparation consciencieuse de la Méchante Fée.

*D'abord, elle met de la graisse partout : du bide, des «poignées d'amour», des bajoues, un triple menton, un **tafanari** aussi imposant que «la porte d'Aix», un ventre ramolli...*

39

Le «beau bébé» devenu obèse ne peut plus voir son sexe tellement il a de **l'embouligue** !

Puis, elle enraye les jointures depuis le haut du corps jusqu'aux pieds : l'arthrose inéluctable, la douleur insoutenable...

Ensuite, elle saccage les organes internes : le cœur qui s'emballe au moindre effort, les artères qui se bouchent, la tension qui monte dangereusement, le taux de sucre qui grimpe vertigineusement, le cholestérol qui atteint des sommets inégalés...

Pour couronner le tout, la Méchante Fée sans scrupule sape le moral du simple mortel. Sa libido en berne, il perd le goût de vivre : les microbes, virus, maladies accourent à bras raccourcis et la lassitude submerge le pauvre humain en décrépitude.

Débute alors le ballet incessant des **vétérinaires**, *des charlatans, des apprentis-sorciers : les analyses, IRM, sangsues, radiographies, scanners, prises de sang, ventouses se succèdent.*

Rangées dans une minuscule boîte en plastique, des pilules de toutes les couleurs attendent d'être avalées à heure fixe.

Certains dérèglements sont identifiés : le **Biadéte** *et le* **Chellosotre.**

Mais comme la machine humaine s'emballe, on retire des pièces usagées remplacées par des **Phètroses.** *Puis, on met des simples* **Snetts** *au niveau des artères.*

Au fil des années, l'homme perd son légendaire appétit d'ogre, son sommeil réparateur, sa combativité.

La Méchante Fée est aux anges tandis que la Bonne Fée se désespère.

Sont dénichées, extraites, disséquées des excroissances appelées **Stykes, Pypoles, Frobimes.** *Comme un couperet, les résultats tombent. Un nom irrévérencieux est prononcé :* **«le Cancre !».** *Tout un programme !*

La Méchante Fée, la Veule, la Sournoise, la Laide, la Salope pense qu'elle est arrivée à ses fins : elle rit, danse, sifflote, s'en lèche les babines ! Elle n'éprouve aucune compassion envers les victimes qu'elle a choisies avec délectation : les faibles, les sensibles, les gentils. Sans s'occuper des des dégâts qu'elle entraîne dans son sillage, elle jubile.

Qui va gagner de la Bonne Fée ou de la Méchante Fée ? Dieu seul le sait !

6
Le temps

Le temps qui se sent fatigué prend un peu de répit. Ayant l'éternité devant lui, il n'est plus aussi pressé.

Pour se reposer, il choisit un établissement pour personnes âgées dépendantes : là, il ralentit son rythme jusque-là frénétique. Un jour, il décide même de partir à reculons !

*Alors, quand il aperçoit une résidente qui **boulègue** sans but toute la sainte journée, il jette son dévolu sur elle car il pressent que c'est le profil idéal. Elle a l'air bien **escagassée**, la vieille dame au teint **blanquinas** et maigre comme un coucou : Dieu sait qu'elle a eu du mal à les atteindre ses quatre-vingt-treize printemps !*

Elle vient de faire une mauvaise chute en tombant sans raison de toute sa hauteur : la voilà clouée sur son lit par des douleurs intolérables pendant huit longues semaines. Contre toute attente, elle se relève de cette épreuve.

*Mais le temps assassin lui fait perdre le peu de tête qui lui reste et elle se met à **déparler** !*

Alors, elle revient en arrière : de sa vie tumultueuse, il ne reste que des bribes, des fragments, des visions...En plein désordre, ses souvenirs se bousculent au portillon.

Finie l'époque de la logique, de l'efficacité, de la rentabilité : c'est l'ère de l'imaginaire avec ces hallucinations prégnantes, ces inventions loufoques, ces extravagants retours en arrière.

44

De temps en temps, le temps qui est compté fait une pause.

*Alors, l'entourage parle à la grand-mère, écoute en approuvant ses élucubrations, cueille ses maigres propos comme des fleurs éphémères qui se fanent aussitôt ramassées, sourit et même rit devant son impérieuse envie de «pisser» sur le balcon, entonne des **cansouns** anciennes, la borde, la rassure, la regarde manger avec les doigts, l'accompagne aux toilettes, l'aide à choisir ses vêtements,...*

*Comme elle a parfois envie de **barjaquer,** ses proches saisissent au vol des débuts de phrases inachevées. Car ses pensées se carapatent au triple galop. Peu à peu, elle perd la parole et seuls ses yeux restent expressifs.*

Le temps se remet en route mais de plus en plus doucement. La dame âgée si fragile dépose ses fardeaux inutiles, voit le bout de son tunnel, laisse apparaître une belle âme malgré ses erreurs de parcours, se transforme en enfant à qui Dieu commence à ouvrir les bras.

Chaque instant devient précieux : il est alors vécu intensément.

La mémé cherche juste à respirer, à avaler, à se réchauffer, à pourchasser le mal qui s'insinue dans une de ses jambes, à regarder sans vraiment voir, à ouvrir la bouche, à parler sans y parvenir, à rassembler désespérément ses idées, à tâcher de reconnaître les lieux ou les personnes qui l'entourent, à sourire aux visiteurs...

Puis, par lassitude, à bout de forces, elle se laisse aller dans l'inconscience et le sommeil.

Autour d'elle, une ombre opaque s'est installée : le dernier épisode de sa vie terrestre approche à pas de loup.

Le matin du 21 avril de l'an de grâce 2020, le temps victorieux termine sa course au moment du petit-déjeuner que la vieille dame n'aura pas la force d'avaler.

C'est l'envolée ultime vers des terres aussi privées que mystérieuses de la mama de quatre-vingt-quatorze printemps qui a retrouvé des traits aussi détendus que pacifiés.

Ciao et bon vent !

7
La main

Depuis son arrivée tonitruante sur cette drôle de terre, la merveille gracile, ciselée jusqu'au bout de ses terminaisons translucides, est recroquevillée. Hypersensible, elle n'accepte que les caresses de sa créatrice de mère. Dans son berceau, elle perçoit des exclamations qui lui semblent bien incongrues.

Elle comprend vite qu'elle peut se déplier délicatement quand l'envie la tarabuste : cette découverte la rend songeuse.

*Au départ, elle essaie bien de saisir ce qui lui tombe sous la main mais elle n'attrape **queue d'ale** !*

*En prenant de l'assurance, elle décide de le **choper**, ce bougre de jouet qui la nargue ! Et cette boule en mousse, elle la fera rouler, c'est sûr !*

Quelques années plus tard, après des tas d'essais infructueux, elle s'empare du pot de confiture sur l'étagère : elle ne sait pas que les ennuis commencent. Une poigne lui allonge un coup violent, des insultes fusent à propos du pot cassé de mémé ! La grand-mère morte et enterrée n'en a plus rien à battre de son bocal stérilisé !

Alors, face à cette criante injustice, la perle aux cinq branches se remet dans sa coquille pour épier les allées et venues.

Ainsi, quand un être noir à quatre pattes passe à bride abattue devant ses prunelles étonnées, elle se cramponne à ses poils frisés et lui en arrache une touffe.

50

Quelle n'est pas sa déconfiture d'entendre les hurlements de l'animal vexé qui détale comme s'il avait le diable à ses trousses !

Une absurde invention la laisse perplexe : sa génitrice lui taille tous les mois ses perles translucides qui n'arrêtent pas de pousser ! Elle a beau crier, hurler, se débattre, c'est une épreuve incontournable : elle n'y coupe pas !

Mais, un jour, elle est portée aux nues par une paire de mains aussi calleuses que chaleureuses : comme par enchantement, ses chagrins s'envolent aussitôt.

Les années passent et elle se sent grandir jusqu'au bout des doigts : déconcertée, elle a parfois du mal à se reconnaître.

Bien plus tard, un beau matin, quand une voix imprévue lui assène à la cantonade –«Ah ! Si mes yeux avaient des mains !»- elle tombe des nues et réalise trop tard que la vie peut parfois être belle !

En prenant de l'âge, elle a le privilège de tenir maintenant une menotte inquiète pour l'accompagner sur un manège trop bruyant.

Elle peut aussi caresser sans fin le pelage soyeux d'un animal qui en ronronne de plaisir.

Quand, un jour, à la morgue, elle revoit les paluches paternelles convaincues de leur bon droit -les anguleuses, les puissantes, les terrifiantes- elle est persuadée «qu'elles vont encore lui en coller une !».
Car bien qu'elles soient éternellement refroidies dans un caisson en bois, elles jugent encore bon de se pavaner.

Tout le long de sa vie, elle en rencontre des pinces : des malhabiles qui pourtant mettent tout leur cœur à l'ouvrage, des parfaites mais si artificielles, des porteuses de microbes (à désinfecter avec du gel!), des repliées sur elle-mêmes par timidité, des douces comme la caresse du vent, des subtiles qui vous effleurent sans vous toucher, des méchantes qui vous tordent le bras dans le dos, des mélodieuses qui vous entraînent vers des cieux radieux, des perverses qui vous dévissent la tête, des artistiques qui, en grattant une guitare, vous ouvrent les portes du rêve, des hurlantes qui crachent des menaces, des gentilles qui lisent des histoires pour endormir les petits, des tendres qui vous font battre la chamade...

Sans jamais oser les aborder, elle admire les inconnues entraperçues, fines, élégantes, pleines de promesses...

Soixante-neuf ans plus tard, sa génitrice se rapproche de la fin de sa vie terrestre : elle découvre alors que sa main aux veines saillantes, aux doigts crochus, aux plaques sombres, cette main ne voit plus goutte et ne peut plus atteindre la fourchette devant elle ou le foulard sur son lit...

Cette pogne ridée résume à elle seule les soucis, les malheurs, les épreuves, les joies, les déconvenues, les bonheurs de la vieille dame en perdition.

La petite merveille, au doux toucher, à la texture si fine s'est définitivement perdue dans les méandres de cette existence tumultueuse.

Alors, elle décide de la câliner, de la caresser, de l'apaiser.

Elle en profite pour peinturlurer ses terminaisons translucides : parfois elle met une couleur différente à chaque doigt !

En une prière muette, elle formule un ultime souhait :

«Que ce bijou à cinq branches, ce joyau fragile, cette perle translucide puisse retrouver sans détour son douillet cocon originel...»

Glossaire

Agasse : *personne bavarde*
Castagne *: coup de poing*
Pastisson *: gifle, claque*
Jobastre *: fou*

Pète *: petite crotte*
Tourne-vire, vire-tourne : *tourner en rond pour rien*

Estrassé *: chiffonné*
Embroncher *: s'emmêler, s'accrocher dans quelque chose*
Charaffi *: fouillis*
La trêve des confiseurs *: période des fêtes de fin où l'activité politique et diplomatique se ralentit*
Les treize desserts *: en Provence, c'est le pachichoio (il représente les 12 apôtres et le Christ) composé de fruits secs, de nougat noir, de fruits frais et de la pompe (une pâte briochée à la fleur d'oranger).* 57

S'apountiller : *s'appuyer contre*
Languir *: trouver le temps long*

Gabian : *Goéland (marseillais)*
Tron de l'air *: femme active et énergique*
Bastard *: bâtard*
Embouligue *: le nombril*
Bazarette *: commère*

Tafanari *: bon gros fessier encellulité*

Bouléguer *: remuer, bouger, agiter*
Escagassé *: très fatigué*
Blanquinas *: blanc*
Déparler *: déraisonner*
Cansoun *: chanson*
Barjaquer *: bavarder sans trêve*

Queue d'ale *: rien*
Choper *: attraper*
« Le parler populaire de Provence »
M.Stèque – Edisud

Vétérinaire : *médecin*

Biadète : *diabète*

Chellosotre : *choléstérol*

Phétroses : *prothèses*

Snetts : *stents*

Stykes : *kystes*

Pypoles : *polypes*

Frobimes : *fibromes*

«Le Cancre» : *le cancer*

Table des matières